Mar a Mar

José Saraiva

L·G·E
EDITORA

LGE Editora Ltda.
SIG Quadra 04 Lote 283 – 1º Andar
Tel.: (61) 3362-0008 – Fax: (61) 3233-3771
lgeeditora@lgeeditora.com.br
www.lgeeditora.com.br

Editor
Antonio Carlos A. Navarro

Ilustração da Capa
Zilá Messeder

Projeto Gráfico e Diagramação
Frisson Comunicação

Impressão e acabamento
LGE Editora Ltda.

Dados Internacionais de Catalogação na Publicação (CIP)

José Saraiva
Mar a Mar – José Saraiva . – Brasília: LGE Editora, 2011.
83 p. 21 cm.

ISBN 978-85-7238-484-1

1. Literatura Brasileira. 2. Poesias. I. Título.

CDU 82.15

Esta publicação obedece às regras do Novo Acordo de Língua Portuguesa.
Foi feito depósito legal.
Dados Internacionais de Catalogação na Publicação (CIP)

APRESENTAÇÃO

José é um homem bom, logo se vê, você verá. E todos seus poemas são de amor, mesmo os que não são. Tudo o que aqui se lê é carregado de sentimento, um puro sentimento. Mas não vêm, como poderia supor um apressado, da necessidade de sublimar o sublimável, de parecer benevolente com a vida e a dor, com o amor, não há disso na escrita do José. Assim, não encontramos melodramas e derramamentos de palavras incompatíveis com a poesia, mas sim um conjunto de comovente limpidez. São versos simples para destrinchar a complexidade de um homem que ama sem subterfúgios.

A poesia expulsou de mim
os amores infindos

Interessante a poesia

No amor está tanto na entrada
quanto na saída

E há contradições. Indispensáveis, não são? Elas transformam cada verdade numa descoberta perigosa.

Se fosse possível tirar
A máscara costurada à minha face
Apareceria um rosto de alma desconhecida
Repleto de cicatrizes
Algumas ainda abertas
Outras cerradamente esquecidas

Ou

Não foi o amor
muito menos sua doce maçã
meu pecado capital
Foi o fruto da sabedoria:
Do saber-me fraco
mortal, ambicioso
doente, demente, (i)moral

Deparamos com um escritor que ama mais o amor do que o amado. E sempre – inevitável – se dá conta das perdas depois do amor partido. É como se buscasse a mortificação da ruptura para sentir mais estimulante o amor. Uma saraivada de vivas para este brilhante advogado da razão, que aqui se abre, vulnerável, em pleno campo da insensatez.

Maitê Proença

ÍNDICE

NOTA DO AUTOR

Se pensar no que os outros pensam
quando escrevo ao *poetar*
farei hipocrisia ao invés de poesia

CURTAS METRAGENS

Minha vida é uma sessão longa
de curtas-metragens
sem tempo, sem descanso
com e sem nexo
Cada qual com seu tema e história
Ação, épico
Drama, tragédia
Romance, amor e sexo

Na sessão ainda sem fim
se alternam todas as curtas fases de mim
Mas em vários momentos
elas se misturam
como se fossem apenas uma longa estória
um longa-metragem
cuja sinopse do cartaz apresenta
na porta de entrada da vida
"entre, comédia romântica sem final certo"

O BARCO

Lá o barco
perto do cais iluminado
molhado pela chuva
lenta e fina
Ali
no destino que não escolheu

Me vi
naquele barco de vida serena
iluminado pela mesma luz
molhado pela mesma chuva
lenta e fina
Aqui
no destino que escolhi

Eu e o barco
Caminhos incertos
numa vida certa
vivida naquela baía determinada
com muitos cantos
com muitos encantos
mas já mapeada

Eu e o barco
naquele ano que finda,
no mesmo mar
iluminados pela mesma luz
molhados pela mesma chuva
lenta e fina

PAIXÃO

Inesperado momento tudo transforma
num indesejado instante
num impensado movimento

De repente, vento forte muda a rota
levando para mar distante
o destino traçado na saída

Novo rumo inevitável
imposto pela surpresa do vento nordeste
trazido com teu nordestino corpo moreno
soprando na minha existência
contra a rota original

No segundo dessa mudança
o instintivo gesto do meu desejo
ajustou meu destino ao vento forte nordeste
ajustou minha vida a esse fato sem mãe
teu irresistível nordestino corpo moreno

Nas águas calmas desses dias serenos
sinto na nuca o sopro suave da morena nordeste
trazendo o sentido mágico da nova direção
toda alegria possível na vida
toda a força de uma nova paixão

RAZÃO

Desejei decidir
com qualquer razão
Quando em mim
não encontrei razão alguma

Sem culpa pela partida
sem medo pela chegada

Sinto o inevitável
viver você agora
sem ontem, sem amanhã

Tudo por única razão
o desejo de amar a mar

PASSADO

Sinto incontrolável
e obscuro
desejo
de remexer no meu
no teu
em todos os passados
dos quais já fui presente

OLHOS VERDES

Registrei sua imagem no meu ser
pelo olhar verde-mar
atravessando brancos lençóis
nem sempre nossos

Daquele instante
nunca imaginei lembrar com doçura
Daquela triste impressão do adeus
nunca apaguei a imagem verde de seus olhos
tatuada na alma
lentamente
por suas lágrimas nos meus dias

Hoje revisitei o mesmo olhar
imagem viva impressa no meu destino
como quem abre o baú das recordações
o velho álbum de fotos
num domingo chuvoso
para mostrar aos convidados
as relíquias do passado

Entre uma taça e outra
nessa festa alegre
regada pelo brilho verde de seu olhar
os únicos convidados eram
eu e a saudade

MEU E TEU

Sei ser meu corpo
viciado no teu
quando cada poro meu
chora a distância
de um teu

Meu sangue se envenenou
quando do teu bebi
naquelas noites de chuva
dos dias de Deus

Enquanto teu veneno circulava na minh'alma
o vento forte do destino
soprava na direção contrária ao amor
Nesse desencontro
meu caminho se perdeu
deixando a saudade do teu corpo
circulando pelo meu

BRILHO

Houve um tempo
em que a felicidade
era o brilho distante de um sonho
no céu desconhecido

Houve um tempo
em que havia motivos
para desejar o brilho dessas estrelas distantes

O fim desse tempo
chegou com teu amor
refletido no brilho do olhar presente

O fim desse tempo
chegou com o descanso do desejo
no repouso dos teus braços quentes
nessas noites estreladas
sem sono
sem sonho

ÚTIL

Se um corpo
não pode viver sem alma
perplexo
não tenho resposta
quando o destino me pergunta
ao olhar teu olhar
como posso ser útil a mim
sem ter teu corpo
mesmo sem tua alma?

ETERNA

Te amarei sentindo
teu sangue correr no meu destino
rubro e forte
como a cor e o perfume da rosa tua

Me alucina a saudade
frágil aos teus olhos
Bebi teu mel como bom ébrio
para adoçar a vida
agora amarga pela incompreensão tua
minha
desde o dia da tua saída

Nesse lugar de ontem
hoje sem rosa
vi teu braço escravizar meu sonho
teu beijo colar minha boca
tuas pernas amarrar meu corpo

Nessa saudade alucinada
te vi entrar outra vez
rasgando meu ser
para marcar meu coração
e depois partir
levando minh'alma
sem deixar a rosa rubra tua
em mim

TUA MÃO

Tua mão
que rasga minha pele enquanto delira
que toca minh'alma
enquanto arranca meus pêlos

Tua mão
é capaz de arrepiar a lua
enquanto doma meu desejo
e apagar o sol
enquanto acalenta meu cansaço

Tua mão
que traz a força da verdade
enquanto expulsa minha tristeza
que faz doçura
enquanto colhe as flores no caminho

Como é lindo o amor que tua mão tem
quando desliza em mim...

CONTAS

No balanço da nossa vida
estão as perdas contadas nos sonhos desencontrados,
tudo misturado numa conta sem resultado
todas as vezes que me vejo no teu rosto
todas as vezes que me sinto no teu corpo

Somos sol e lua
sim e não
Tudo ao mesmo tempo
reunidos nessa festa sem música de cada dia
se completando e se excluindo

Nas noites do nosso tempo
te construo e destruo
te crio e mato
sempre antes do amanhecer

DESERTO

Eu sempre quis ficar
mas o mundo girou
a vida seguiu

Enquanto pude
busquei seu olhar
Por longo tempo
caminhei sem sentir
o calor da realidade aos pés

Não tão de repente
a dor chegou

Perto de desistir
acreditei sem remorso
na escolha do caminho árido
na esperança de colher flores
pelos seus olhos brilhantes

Naquele mar às avessas
não vi caminho
e continuei seguindo incerto
sem pressa
sem sonho
sem beleza

ANDORINHA

Linda andorinha
você bailou em mim
do inverno ao verão
Mas é chegada a hora
de voar de ti
sem nada pedir

Nessa hora de ir
sinto por nossos momentos
beijos e prazer
Linda andorinha
mesmo assim
vou voar de ti

Seguir sem nós
por fim ao teu passeio em mim
Sem qualquer explicação
sair com a solidão do meu vôo
a partir de agora
nesse horizonte à frente
além da razão
além do mar a mar

Até um dia, linda andorinha
minha pequena voadora e alegre ilusão

INSISTÊNCIA

Quantas vezes aprendi a viver?
Ora com, ora sem você
Por quê?
Ora ganhar e perder
ora esquecer e amar

Nessa mesma estrada
me perco e me encontro
isso quando não sou achado
ora vazio, ora cheio de você

Nela sigo como fênix da minha estória
sem razão, sem medo
tropeçando, levantando

A cada dia renascendo do bem e do mal
pelo simples desejo de viver

OS QUATRO QUERO

Quero uma alma guerreira
que conquiste meu mundo
enfrentando tudo e todos

Quero um amor moleque
que pule o muro
vencendo medo e regras

Quero um corpo
que de tanta pureza
não tenha vergonha
de sentir o prazer infinito

Quero uma vida próxima
pregada, misturada
suada na minha
Uma vida tão vivida
mesmo sofrida
deseje-me feliz

PRESENÇA

Longe das minhas mãos
do teu corpo nada vejo
Do deslumbre de ontem
nada sinto

No fim de madrugada
tudo é sonho
passado futuro desejo

No luso fusco do mar
quando não é noite nem dia
uma lágrima risca minha face
afogando a saudade
no abismo de tua ausência
na confusão de outra presença

No encontro da luz vermelha com a última estrela
o teu amor invade a minha querência
pela lembrança dos teus olhos
nunca esquecidos
no fim da madrugada
no abismo de tua ausência
na confusão de outra presença

AMADO

Me amaram muito
partindo
pedindo
com razão
nunca querendo

Me amaram muito
sempre com porém
exceto alguém
que não conheci

Repleto de tanto amor
continuo só
eu e minha solitária paixão
pelo desejo de amar

CASTELO DE AREIA

Sei não caber a eternidade prometida
apenas nessa vida
corrida e corrida

Nessa existência ligeira
sinto e sinto
ser castelo de areia
feito por duas crianças
ruindo com o chegar
incessante do fim das ondas
lentas e lentas

No curso desse tempo-vida
busco na mente
os momentos desejados e não existidos
perdidos e perdidos

Os limites se extinguem
nessa viagem-mente
única conhecida
dos dias não havidos
Na viagem sem parada
tudo existe plenamente como vida
sentida e sentida

No último suspiro do tempo-vida
me encontrarão o fim das ondas
de mar a mar
todo e todo

NOITE NO MAR

Enquanto a chuva molhava o mar
a beleza da noite chegou
iluminando meu rosto
Enquanto tua boca tocava minh´alma
a luz do dia passava
beijando meu pensamento

A beleza da noite aumentava
quando o dia nasceu
na lembrança dos teus castelos de areia
onde fui prisioneiro
no contorno das tuas pernas

No orvalho da manhã
saí de ti
quente, freqüente e frenético
como as ondas do mar
a nos tocar sem esfriar

Na confusão da noite com o dia
da chuva com o mar
desisti de fugir dos teus lábios
das tuas pernas, do teu castelo

Desde aquele dia nascido com chuva
nunca terminado pela saudade
trago-te inteira
além do desejo
além da noite
além do corpo
além do dia
além do mar a mar...

FOTO

Ao rever a foto
reli seu capítulo na minha estória

O tempo vital e poético
segue sempre no mesmo sentido
da noção do amor

Distante dos fatos e da foto
mas perto da lembrança incessante
sinto o verdadeiro amor
não ter forma nem espaço
nem destinatário exclusivo

Pode encolher
ao tamanho de mínima semente
e de repente
renascer daquele nada aparente
com outra cor
em outra foto

Reconhecer o amor perene
é reconhecer a lagarta na borboleta

Olhando a foto
vejo nas cores de hoje a essência de ontem
Vejo os momentos vividos
bons ou maus
Os sentimentos sentidos
nos diversos passados tidos

As cores da foto
são a vida de outrora
Misturada com tantas outras
está nas cores da vida de agora
fonte do brilho de depois
até quando não houver mais cores
até quando não houver mais foto

QUADRO

O escrito acompanhante desse quadro
necessário há dias
há meses, há alguns anos
não é tão simples como imaginei
nem tão natural quanto deveria

Assim inicia
meu primeiro escrito para você
demorado e muito meditado

Nas palavras talhadas pelo tempo
encontrei as marcas dos momentos maravilhosos
dos dias
dos anos de sua presença
Até este escrito
acreditava serem esses momentos, dias, anos
alguma coisa sempre ali
alegres e vividos
mas apenas ali
nos dias idos
Ao acaso
quando me deparei com o quadro
vi a verdade daqueles momentos
Eles não estavam apenas ali
na memória feliz do passado
mas aqui, nestes dias
Aqui, em muitas roupas vestidas
em muitas noites despidas

Aqui, no amar de hoje
Naquele tempo de certeza
tinha inconsciência das marcas da felicidade
no então futuro
agora saudade

Sem perceber a importância dos dias
dos anos de felicidade
"eu me despediria um pouco mais tarde
com um gosto amargo na boca.
Que ainda sinto até hoje"[1]

Embora ainda útil
é tardio e merecido
meu reconhecimento às belas marcas
impressas no meu destino
pelos momentos de sua presença
Este singelo escrito
encaminha a seu novo lar
tributo à doçura de antes
também de longe
como gesto sincero
nos seus dias, anos
sem minha presença

O quadro
azul como o mar do Caribe
com traços de corpos morenos
entrelaçados como num tango platino
dançado na cama dos sonhos

O quadro
como os seus nas paredes
da minha casa e da minha vida
traduz bem os momentos
os dias, os anos de sua presença

[1] Neruda, *in* Confesso que Vivi.

PRIMAVERA

Na repentina manhã ensolarada
vi a mais florida primavera
e senti quantas vezes
quase desisti de amar a beleza
nos campos da vida

Na manhã ensolarada
minha sorte
ver teu corpo dourado
florindo e brilhando ao meu lado
luz da felicidade possível
nos campos da vida

Em cada cheiro da tua flor
em cada manhã nos teus beijos
em cada balançar do corpo
sinto compensar os invernos possíveis
nos campos da vida

EXPULSÃO

A poesia expulsou de mim
os amores infindos

Interessante a poesia

No amor
está tanto na entrada
quando na saída!

CARTA

Necessidade de bem pesar as palavras
O tempo não permite novos equívocos

Quantas coincidências
desfiguraram o desejo de tua presença
apagado no teu olhar de ontem

Nele
compreendi as opções feitas
as palavras lançadas
as frases inacabadas
as conclusões erradas

Revendo esse olhar de ontem
revi meu coração secar
Sentindo teu olhar de ontem
soube não saber partir

Sou ariano

Tentei de qualquer jeito
a todo custo
certo de ser pequena a diferença
entre pior e muito pior

Perdoou-me por ter visto a felicidade no teu ser
não nos momentos absurdos
não no teu olhar de ontem
mas nos sonhos
sonhados nos teus olhos brilhantes
do dia em que ti conheci
Termino como merecem terminar
todas as cartas de amor sem fim

"Quando o amor vos chamar, segui-o;
embora seus caminhos sejam agrestes e escarpados;
E quando ele envolver com suas asas, cedei-lhe,
embora a espada oculta na sua plumagem possa ferir-vos;
E quando ele vos falar, acreditai nele,
embora sua voz possa despedaçar vossos sonhos
como o vento devasta o Jardim."[2]

[2] *Profeta*, Gibran.

ANJO LUZ

Sem perceber
tive você todos esses anos
aparecendo quando pedi aos deuses
partindo sempre que me despedi

O mesmo sorriso da chegada
na saída recebi
O mesmo corpo ardente encontrei
sempre que quis
O mesmo olhar amigo
todas as vezes que te vi
O mesmo abraço quente
senti quando na solidão te chamei

Naqueles meus anos infindos
não houve dia sem resposta
não houve ferida sem cura
não houve frio sem amor

Tudo vindo da tua linda paixão
colorido zepelim
atravessando o céu turvo da minha vida
sem nada exigir
apenas pedindo para amar
a cada partida minha sem adeus

Como deixei de ver a luz daquele grande ser flutuante?
Anjo iluminado de curvas perfeitas
voando pelos anos de minha vida
sem se importar com as trilhas seguidas
sem se importar com as solitárias noites escuras
sem se importar com a distância minha

Anjo luz
há tantos anos trazendo
amor de céu azul sem fim
amor de brilho sem igual

GESTOS

Muitos gestos de carinho
muitos gritos de tristeza
perdidos no tempo das palavras mal ditas

Para cada palavra errada
no tempo e no sentido
muitas lágrimas

Para cada gesto sem amor
foram poucos os beijos de compreensão
foram poucos os atos de perdão
todos esquecidos na própria falta
escondida de cada um

A cada dia sem amor
gestos sem beijos
gritos sem perdão
morre minh'alma nos teus olhos secos
esfria o calor do teu corpo no meu ser

Sem calor
fico com o olhar perdido de hoje
fixo nos dias não esquecidos
dos teus olhos de amor

SURPRESA

Pensando nos nossos dias
surpreso fiquei
com o constante calor do teu corpo distante
sentido na lembrança dos teus abraços intensos
no som dos teus altos risos
ecoando na saudade do amor sentido
nos lugares belos estados
no pouco tempo juntos vivido

Grata lembrança
nessa penosa digestão dos caminhos escolhidos
por esse errante cavaleiro do tempo do nunca
eu!

NOME

Ao longo da vida
muitas pessoas
com ou sem amor
nasceram e morreram
dentro de mim

Todas tinham o mesmo nome
e rostos diferentes
Todas tinham a mesma alma
e corpos diferentes

Ao longo da vida
dentro de mim
todas essas pessoas foram enterradas
algumas no meu jardim
outras em qualquer aterro da estrada

Todas em cova rasa

Quando por acaso ou saudade
as encontro em mim
sem sentir
a elas cumprimento assim:
bom dia, até nunca mais!

ALGUÉM

Em todos os lados
eu busquei alguém
Em todos cantos
eu chamei alguém
Você não apareceu
desesperado calei...

Em todos os sonhos
eu quis alguém
Em todas as noites
pedi a alguém
por alguém
Você não ouviu
cansado dormi...

Num encontro qualquer
olhei você nos olhos
Neles, me vi chorando
Em tantas lágrimas
desisti de chamar alguém
por amor...

FLOR

Saudade, tanta de tantos
mas poucos me esvaziaram
como a morte da sua flor

Por quê a chuva não veio?
Esperei até o sol queimar meus olhos
e o frio enrugar minha tez

Murcho no tempo seco
sem amor, sem flor
continuo esperando a água
de qualquer passante pelo meu jardim

GOTA DE SANGUE

De repente
uma gota de sangue cai
e o rubro brilha
Era um coração se esvaziando

Subitamente, mas esperada
outra gota de sangue cai
e o rubro brilha
Era da metade que ficou
quando você partiu

DAMA-DA-NOITE

No calor da febril noite
transpirei seu amor por todos os poros
entre os goles do velho chá alcoólico
bebido lentamente
em meio a lembrança sua
correndo pelo meu jardim
nua

Nesse tempo de mente doente
me entreguei sem culpa
ao vício irresistido do cheiro do seu corpo
minha paixão
viva na ilusão trazida
pelo perfume seu
da dama, da flor, da noite
da ama, da beleza nua

Entre um gole e outro
assisto a luta entre saudade e saudade
para saber quem fica em mim
eu ou a lembrança sua
correndo pelo meu jardim
nua

VERÃO

Te procuro no brilho das estrelas vivas
na lembrança daquelas noites
Como é quente a saudade daqueles dias
daquele verão infindo

O vento do tempo seguinte
sempre traz tua voz
teu suave toque
aos dias que passam por mim
nas noites sem fim

Aqueles dias nunca voltam
também nunca me deixam

Sinto em outros braços
suar saudade
Sinto nas luas frias de hoje
faltar amor

Aquelas noites nunca voltam
também nunca me deixam

LÁGRIMA

Na escuridão dos meus sentimentos
na clareza da minha consciência
percebi minh'alma escorrer
lentamente
a partir dos teus olhos
tenros de saudade

Longo caminho

Muitos anos passaram
até aquela gota de vida
encontrar meu chão
e sacudir minhas certezas

Molhada a aridez do meu coração
com a lágrima tua
senti nascer o sol em mim
suavemente
na direção brilhante do teu amor...

CAMA

Ontem à noite minha alma encontrou a tua

Na luz do pensamento
perdido na noite escura
senti em outros
teu corpo achado
num canto escuro qualquer da cama

SENSATEZ

Ainda há pouco
banhei-me nas lágrimas
escorridas pelo meu corpo
vindas de entristecidos olhos distantes
a olhar a dureza do meu coração
e a rudeza da minh'alma

Sem demora
a secura do meu corpo
absorveu teus sentimentos
engoliu tuas lágrimas

Parecia inútil teu sofrimento
mas não foram vãs tuas noites
nem desperdiçado teu amor

Cada lágrima do teu sentimento
cada movimento do teu desejo
repetido tantas vezes no meu corpo
fez brotar um sinal de sensatez

VENENO

"Querer segurar alguma coisa
e com isso fazê-la transbordar,
não vale a pena." (Tao-Te-King)

Quantas palavras de amor li!
Nunca mais de uma vez
porque o veneno de muitas
quase me matou
Nem tanto pelo significado
nem tanto pela força dos verbos acompanhantes
Não li pelas mentiras sutis
escondidas na doçura das letras
pelas facas afiadas
camufladas nas entrelinhas
a dizer sonhos não verdadeiros
a dizer dias realmente não esperados

O amor dito assim
expulsou minha essência

Eis o eco da resposta
no vazio do fim

ALMA

Quero uma alma que invada o meu mundo
Corajosa enfrente tudo
vença todos os medos
Alma sapeca
pule o muro

Quero um corpo tatuado no meu
com pureza
sem vergonha
Corpo agitado
sempre pronto para amar
seja noite, seja dia
em qualquer lugar

Quero uma vida misturada na minha
mesmo sofrida, mesmo perdida
se sinta feliz

Quero um destino cruzado ao meu
por alguém crente o bastante
nesse inevitável encontro
Por alguém forte o bastante
para seguir em frente
até me achar em qualquer bar
a fim de me seguir por qualquer mar

IMPORTÂNCIA

Pouco importa
quem ao lado ontem

Importa alguém longe
mas dentro
pregado à alma
pregado à mente

Não importa quem toca o corpo
Importa quem devora as entranhas
tal qual fogo forte com o vento
tal qual fera com o alimento

Não importa quem sente
o coração nos dedos
por fora
Importa quem acelera
o coração pela saudade
por dentro

ESTRADA

Na mesma estrada
me perco
me encontro
ora com, ora sem você

Nesses dias sem medo
insisto
tropeçando, levantando
indo
ora com, ora sem você

OUSAR

Te amei tanto
sequer ouso lembrar
Temo o risco da ousadia
insuportável saudade

Seria muito arriscado
o sabor da tua boca
a doçura das tuas mãos
o cântico dos teus gemidos
o tremer das tuas pernas
o infinito mar verde dos teus olhos
o brilho do teu sorriso
o encanto da tua alma

Ousar, nem pensar
não haveria lugar para fugir
Se flagrado
não haveria mais a prisão do teu corpo

Só resta esquecer
o gosto salgado das lágrimas
vindas do verde mar dos teus olhos
quando decidi não ousar

CAMINHOS

Tantos foram os caminhos
para chegar nesse banco
nesse mesmo lugar
como se nunca houvesse partido

Apesar dos lugares passados
das trilhas abertas
dos sonhos sonhados
não encontrei a mim
nem a você
quiçá alguém

Quantas lágrimas são necessárias
para os olhos limpos
enxergarem o amor?

Nessa estrada sem placa
sem sol nem luz
sigo insistente para saber
onde as estrelas escondem a lua
talvez lá
acharei a mim, a você
e mais alguém

LUGAR DO CANTO

Em cada canto
um olhar
em cada lugar
um canto

Alma, sonho, amor e pranto
no canto do lugar
Como encontrar um olhar
no canto
em meio ao pranto?

Pode ser seu olhar
ou nosso pranto
em qualquer canto
em qualquer lugar...

SIGO

Desde algum dia
não falo em tristeza ou alegria
só em amor
só em vida

Desde aquele dia
não sonho
nem me desespero
só vivo

A partir dali
não quero nada
nem desprezo tudo
apenas faço da vida um fato

Por isso
desde então
não corro
nem paro
só sigo...

PRA ONDE?

Nosso filho desejo nascido morto
fruto do aborto dos meus sonhos
e da prosperidade dos meus fantasmas

Daquele tempo para cá
abandonei o pudor
Sem amor ou vergonha continuo firme
"josé, pra onde?"

GUIA DO AVESSO

Vendo a foto envelhecida
do tempo não passado
sei-me contrário à imagem
vista no porta retrato da sala

Sei-me pelo oposto

Meu caminho
a negação dos rumos indesejados
Quero o mar
na trilha do deserto de cada dia

Escolho o rumo
para desviar dos caminhos
vividamente conhecidos

Sigo na direção contrária
sem saber para onde ir
na certeza de onde não ir

Minha estrela
o guia do avesso

SOLIDÃO

Fiquei porque não adiantava mais fugir
Solidão, aqui estou!
Tu não me querias tanto?
Pois venha, estou te esperando
com o que sobrou de mim
após tantas fugas

Se esperas de mim tristeza
lamento solidão
estou vazio demais para ficar triste

Pensas em abalar minha esperança?
Vã ilusão!
Não existe mais futuro
contra o qual possas obter glória

Se pretendes beber lágrimas
pelo amor perdido
devo informar-te
solidão
a respeito da secura dos meus olhos

Se desejas alimentar
a fogueira da saudade dos que partiram
então saiba
a saudade transformou-se em cinzas de nostalgias

Logo, não esperes muito
A ti solidão
só resta levar o que me resta
solidão...

NAU

Qual o porto
para a nau avariada da minha existência?

Essa errante nau
vez em quando com rumo
não tem porto para chegar
imaginário ou seguro

Nau de tantas velas rasgadas
as vezes navegando determinada
em meio as tempestades do destino
Outras, segue suavemente
na rota da miragem do porto
imaginário ou seguro

Tão formosa quanto avariada
essa nau desliza pelo meu mar
sem lembrança do porto de partida
acompanhada de sua esquadra fantasma
sem nunca atracar
em qualquer lugar
imaginário ou seguro

TEMPO

O tempo chegou com os cabelos brancos
na alma e no peito

O tempo chegou com o cansaço
do corpo e da mente

O tempo chegou com as rugas
da face e dos sonhos

O tempo chegou com a lembrança incessante
dos amores e do leite com açúcar

O tempo chegou com o vazio
da casa e dos amigos

O tempo chegou com a perda
dos entes e dos dentes

O tempo chegou com a fraqueza
dos ossos e do desejo

O tempo chegou com o frio
do coração e do inverno

O tempo chegou com a dureza
do olhar e das palavras

O tempo chegou com a saudade
de tudo – da vida
Do tempo em que havia tempo...

LIGAÇÃO

Necessário
entender a distância que separa
o céu e o mar
de onde vim de onde estou

Imprescindível
para ficar ou partir
encher o vazio
que separa o quanto fui
daquilo que nem tanto sou

Fundamental
ligar por um fio
ao menos
o ser de ontem ao de hoje
e na unidade abraçar o destino

MEU LUGAR

Chuva, mar, montanha
encontro perfeito com meu destino

Vida sem amor único
mas repleta de paixões sem fim
subindo e descendo as montanhas em mim

Vida sem rumo certo
mas com lugares calmos e agitados
prontos para navegar

Vida sem eternidade
mas com instantes intensos e serenos
como a chuva fina
sem data certa para começar ou terminar

SENSAÇÃO

Parece não haver tempo para viver
como se algum dia tivesse havido

Engraçada a sensação
da vida sem tempo
Aquela vivida
na correria dos dias não percebidos

Onde está em mim
os dias que acordei e corri?
Onde está em você
as noites que não amei e dormi?
Onde está no mundo
os anos que vivi e não senti?

Nessa sensação de vida não sentida
muito desse tempo
apenas passou
nas escolhas erradas
feitas as pressas
nos dias sem tempo

Não sei
também
ao que parece
não terei tempo para saber

MÁSCARA

Se fosse possível tirar
a máscara costurada à minha face
apareceria um rosto de alma desconhecida
repleto de cicatrizes
Algumas ainda abertas
outras cerradamente esquecidas

Entre tantas
muitas foram artesanalmente desenhadas
por belas palavras de amor
ouvidas e sentidas

Outras
foram talhadas grotescamente
por gestos
impróprios, impensados e arrependidos

Para a sorte de todos
a máscara não sai
misturou-se definitivamente à face escondida

NEVER LAND

Não pretendo muito
nesse tempo sem relógio
never land nunca mais

Sinto
bastar a alegria da vida real
bastar a lembrança do sonho sem chance
bastar saber existir
assim

VOLTAR

Não adianta desejar o passado
Nem toda a saudade possível
consegue reviver o amor dos dias felizes

Quando muito
as lembranças falhas e mentidas
enganam a saudade dos dias felizes
até esquecê-las também
por um beijo
em qualquer esquina
qualquer dia desses
nos bares da vida

SAUDADE

Em todos os cantos do meu ser
em todos os lados da minha casa
em todos os lugares onde estive
onde estou
em qualquer espelho
meus olhos vêem saudade:
pregada, encostada
voando, parada, refletida

PENSAMENTOS

Tantos pensamentos navegam
pela mente turva
na noite clara no mar

Tantas imagens passam
aos olhos embaçados
na noite rara para amar

MAR REVOLTO

As palavras faltam
no momento da verdade
nada absoluta
É mais forte
o presente que parte
ao futuro inevitável

A frente o amanhã
seguir só
tendo as lágrimas como remédio dos erros
no caminho sem volta

Dessa partida inevitável
resta a certeza
teu sangue envenenou o meu
Fica a sina
nosso passado comprometeu meu futuro
Gosto de amar e amarei sempre –
alguém e você

Findo o dia eternamente indesejado
sinto o sabor da escolha de ontem
tão racional que te confundiu
tão irracional que desviou meu destino

Outro grande amor some
no mar revolto da existência

Resta teu pulsar
sem forma sem toque
Teu sentimento vivo
não na vida real
Tua presença no caminho
não na caminhada

PARTIR

Partir, outro conhecido fim
Apenas sair sem sentir
as pontes destruídas
os navios queimados
os caminhos de volta esquecidos

Tudo perdido e não terminado
enquanto eu estive ali sentado
contemplando a cena triste

É chegada a hora da partida final
Instante irresistível
inevitável desejo de apagar tudo vivido

Saída doída, solução pesada
Aguda pontada na alma
a cada passo para o inexistente

Sinto dois mundos:
o que não tenho mais e o que ainda não tenho
À frente e longe – desejo sem esperança
Atrás e dentro – saudade com cara e alma de saudade

Sem perceber
virei inteiro
e olhei nos olhos do passado
em busca de ti de mim de nós

No encontro, a dor pela cena
das naus, havia apenas naufrágio
das pontes, havia apenas os belos arcos de outrora
do caminho aberto por nosso amor
nenhum sinal na densa floresta do tempo

ADEUS

Já faz tanto tempo
desde que senti seu adeus
Mesmo assim
fiquei só com o nós

Quanto ao meu?
Nunca disse, nunca senti
apesar das bocas beijadas
dos corpos vividos
Desde que ouvi o seu
nunca houve o meu sincero
adeus

Até aqui, até agora
só houve o seu
É chegada minha hora
de iniciar outro nós
de dizer
adeus meu amor, meu sonho

Se precisar
de firme certeza
em qualquer momento triste
segure-se no meu amor
ele estará sempre lá
no eterno – seu

FESTA

A cada vela soprada
nesses anos passados
mil gritos
mil gestos de carinho
perdidos no tempo

Em cada lágrima
nos dias de velas apagadas
mil olhares
mil palavras fatais
perdidas no medo

A cada festa
a distância se aproxima
sem perdão, sem amor
esvaziando a paixão lentamente
ao apagar com a borracha do dia-a-dia
os meus desejos
do brilho dos teus olhos
Ao apagar com a borracha do dia-a-dia
os meus sonhos
do sabor dos teus beijos

ESPELHO

De nada adianta
saber o que deveria
o eu, era nós
refletido pelo teu amor
no espelho do meu ser

Alguém me enganou
meus olhos ou a imagem

Sem aceitar tua ausência
tento te achar no mesmo espelho
em outros braços e bocas
em outros abraços e beijos

Nos encontros
por alguns instantes me encontro
Quando te vejo no espelho de outro ser
te abraço e te beijo, loucamente

Inebriado de esperança
ao abrir os olhos, sumo
somes do meu ser

AMOR NA PARTIDA

Só parto
Quando estou cheio de amor
Não o amor necessário para ficar
digo
o amor necessário para partir

Sem amor
penso que parto
mas parte fica
Fica estacionada no rancor
na mágoa, na dor

A parte que fica
em parte
fica pela falta de amor para partir
em parte
fica pela falta de amor para ficar

No amor da saída
encontrei verdadeira partida

VELÓRIO

Vi nosso fim
em todos os lugares
em todos os sonhos

Nesse dia
li o anúncio de nosso velório
misturado no jornal de domingo
às notícias do passado perdido
às manchetes da morte do futuro
No mesmo dia
ouvi os gritos do coveiro do amor
a indiferença

Na alma entristecido
fechei os olhos e os anos passaram
Quando abri
sem tristeza
vi você à minha frente
vi nosso defunto ao lado

Nesse tempo
recebi os cumprimentos da nostalgia
Sem gratidão
recebi a herança
moeda de troca
sempre aceita nos bares da vida
entre os sobreviventes dos amores morridos

Qual a moeda?

Você sabe

NÁUFRAGOS

Sou letrado em partir
Abandonar os amores em mares secos
navegados sob a frieza do olhar
a cada adeus
ditos nas noites, nos dias de muitos desejos

A cada partida deixei a mim em fatias
cortadas por palavras de amor silenciadas
e coladas em cada rosto amado
Com gestos de incompreensão
fui quase todo ao mar
pregado nos amores atirados
quando ceguei pelo medo nas noites escuras
quando silenciei nos sustos não gritados

Nesse mar de lágrimas velejado
o diário de bordo registra a direção de cada partida
os vários olhares
além das palavras não ditas

O silêncio era ensurdecedor
para quem queria ficar
como se eu fosse esconderijo seguro
contra a perda dos sonhos maiores
Como se eu fosse abrigo forte
contra os ventos das perdas vividas

FIM DO AMOR

Tudo nasce com destino certo:
a morte
Fim para uns
começo para outros
Seja como for
não é diferente com o amor
que morre

Por inanição
quando o carinho não chega ao rosto
quando o afeto parte das mãos

Por doença
quando o ciúme entra no coração
quando a confiança sai da razão

Por abandono
quando outra paixão conquista tudo
quando a saudade desiste de reconquistar

Por velhice
quando o desejo some do corpo
quando a amizade consome a alma

Então, como morreu o seu amor?

LUA

Na lua ao mar
qualquer dúvida possível
encontrou o indesejado fim

Tua partida, nua
começou pela trilha brilhante
pintada pela lua no mar
a qual nunca cansei de olhar - trilha
pela qual nunca parei de chorar - partida

Vi teus passos no caminho enluarado
na direção do brilho infinito
naquelas águas calmas a minha frente
naqueles tempos de tempestades em mim a dentro

Nas muitas noites sem te amar
vi teu vagar
triste na solidão tua
pela estrada brilhante aberta no mar

Diante do brilho do luar
pintado na estrada de tua partida
fiquei sentado, anos e anos
vendo a calmaria das águas a minha frente
sentindo as tempestades em mim
mar a dentro

FICAR

Se pudesse controlar nosso tempo
teria abafado com beijos
as palavras-bombas dentro da tua boca
Teria apagado com a trança das tuas pernas
os caminhos tortos da minha mente
Teria acariciado nossos sonhos nas noites tristes
até a realidade de hoje dormir sem chegar
Teria pedido até convencer o amor
a nunca sair pela porta de nossas vidas

MAÇÃ

Comi da árvore proibida
Como era minha serpente?
Usava ela saia ou batina?

Há muito, fui morador exemplar do paraíso
Isso foi um pouco depois da saída de Adão

Sei que comi também
aquela maçã gostosa
dita fruto proibido do amor
Essa estória, concluí
a maior mentira

Não foi o amor
muito menos sua doce maçã
meu pecado capital
Foi o fruto da sabedoria:
do saber-me fraco
mortal, ambicioso
doente, demente, (i)moral

Se dependesse da maça
eu não teria sido expulso de todos os paraísos

Acredito, logo, acredite!

Mas pelo fruto do saber-me
pude viver o inferno na neve
a fome no banquete
a dor na gargalhada
a miséria à beira da piscina
a solidão na manada
a escravidão na liberdade pela TV oferecida

FÉ

A vitória sobre o mal
não está na morte
A vitória está em renascer
e renascer
Perpetuando a vida
pela misericórdia
pelo perdão
No amor
onde o aparente fraco
maltratado e humilhado
subjuga sem violência
o iludido forte
no tempo divino

Morra quantas vezes for preciso!

Eis a presença de Deus
invisível e onipotente no universo
renascendo e vivendo
pela fé de cada um

NOITE FELIZ

Noite feliz, noite feliz
sem noz sem árvore
sem luz

Noite feliz
sem amor
sem sorriso
sem calor

Noite feliz
repleta de esperança no ar
flutuando ao som do cântico
navegando na lembrança do mar
Noite feliz, noite feliz
encontro dos encontros
eu e o dono do canto
unidos por alguns instantes
no brilho daquela estrela cintilante
iluminando as almas
Minuto mágico resumido nesse cântico:
noite feliz, noite feliz

Noite feliz
Encontro dos encontros
eu e o menino
fé e destino
sonho e caminho
Tudo resumido num único olhar
entregue ao infinito
naquele momento
naquele cântico
Noite feliz, noite feliz
Ao fim do cântico
sem lágrimas
sem medo
sem tristeza

Noite feliz, noite feliz
Ao fim do cântico
só saudade
dos presentes singelos
dos sorrisos altos
dos doces de doçura perfeita
das crianças correndo
na noite feliz da nona

Noite feliz, noite feliz
Depois do fim
depois do cântico
só resta o encontro dos encontros
eu e o menino

Finalmente
o desejo sem freio
de uma vida
liberta e repleta
de mar a mar